contraescrita

X Maravilhas de
Jack London

Volume III

O CONTO DAS MIL MORTES

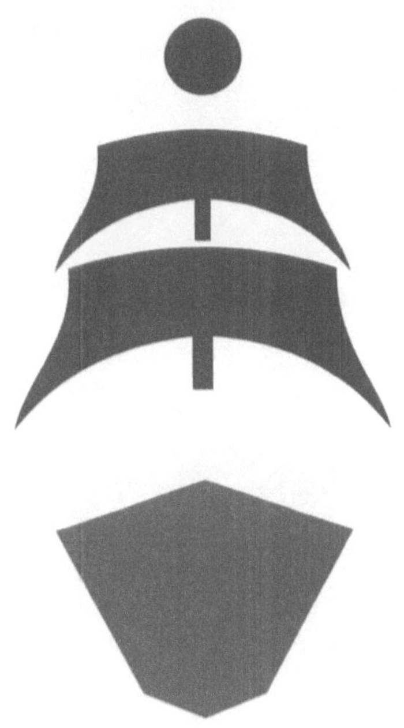

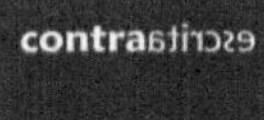

tradução e adaptação
philipe pharo

contraescrita

O CONTO DAS MIL MORTES
Jack London

2ª Edição

O CONTO DAS MIL MORTES
Jack London

Tradução e Adaptação

Philipe Pharo da Costa

ContraatircsE
Edições
2020

Autor: Jack London

Tradutor: Philipe Pharo da Costa

Título: O Conto das Mil Mortes

Subtítulo: O Navio da Tortura

Título Original: A Thousand Deaths (1899)

Revisão: do Tradutor (2 janeiro 2020)

Design de Capa e Interior: ContraatircsE

Produção: ContraatircsE

1ª Edição – 8 de setembro 2017

2ª Edição – 2 janeiro 2020

Local de Publicação: Portugal (Arcos de Valdevez)

AO 1990

Depósito Legal: 449039/18

ISBN: 978-989-54130-5-8

Contacto para encomendas a retalho: ContraatircsE@gmail.com

Dedicatória

Na primeira edição escrevi uma dedicatória à minha Mãe, então recentemente falecida. Mais tarde teci alguns considerandos no meu pensamento sobre se o podia ou deveria fazer numa obra em que sou apenas o tradutor, na realidade pouco importa o que sou, queria apenas dizer-lhe que vive em mim e a farei continuar a viver do melhor modo que puder encontrar. Aqui, nesta segunda edição, recordo apenas que continua viva em mim e na memória que dela eu for construíndo.

O Tradutor

Índice

Agradecimentos

A todos com quem tenho aprendido.

Antes de Ler

Sente-se. Peça uma água fresca, ou um café, se preferir. Esta história aqui contada não lhe levará mais que o tempo de a beber.

Preâmbulo

Este conto aqui traduzido para Português faz parte de uma série de contos que fizeram parte do meu imaginário adolescente. As histórias de London marcaram os meus primeiros passos na leitura literária juvenil e adulta, abrindo-me as portas para a ficção estrangeira, tendo-se tornado para mim uma referência sempre que se fala de literatura ocidental. A sua imaginação é incomparável, com uma densidade literária em pequenas histórias que ficam retidas na memória com notável facilidade. Jack London detinha uma incrível habilidade na construção de contos de ficção científica, alguns completamente marcantes para quem se dê ao deleite de os ler. Sendo este um dos seus melhores espécimenes literários na visão deste vosso tradutor, e, por isso escolhido para tradução e publicação nesta série de X Maravilhas de Jack London.

Philipe Pharo

A Canção das Chamas

The Song Of Flames

We are motes of sunshine stolen
   When the world was fair and young,
Stolen from our joytime golden,
   Into earth's black bowels flung;
Kissed of light and born of passion,
   Thrilling with the wine of life,
Ravished in most cruel fashion,
   We were banished from the strife.

Pent in prisons dark and loathsome,
   Cells of sorrow, 'reft of mirth,
In our rocky chamber, lonesome,
   Slept we till our second birth, -
Slept we through the long, long ages,
   Dreaming of the time to be,
Till God, turning many pages,
   Deemed it fit to set us free.

Jack London

Somos motes da luz do sol roubada
   De quando o mundo era justo e jovem,
Roubada da nossa hora de recreio dourada,
   Que as entranhas negras da terra revolvem;
Beijados pela luz e nascidos da paixão,
   Empolgados com o vinho da vida,
Arrebatados por tal cruel moda em visão,
   A nossa luta foi do conflito banida.

Reprimidos nas prisões escuras e repugnantes,
   Celas de desolamento, de hilaridade adentro,
No nosso quarto empedrado, solitários residentes,
   Dormiu-nos até nosso segundo nascimento, -
Dormiu-nos durante as longas, bem longas eras,
   Sonhando da hora do porvir ser,
Até Deus, virando páginas enumeras,
   Declarar adequado libertar-nos de viver.

Tradução: Philipe Pharo

Introdução

O protagonista desta história é salvo de um naufrágio e raptado por um cientista tresloucado que descobriu uma forma de ressuscitar os mortos, e inicia um processo infindável de matar e ressuscitar o pobre coitado, até que este faz uma descoberta macabra. Uma curta história que daria por si só um romance, mas que London quis libertar da sua panóplia de contos rapidamente para seu ganha-pão ainda nos primórdios da sua carreira literária.

O Conto das Mil Mortes

Capítulo 1: Naufragado

Fazia já uma hora que eu estava na água, gelado e exausto, com uma terrível câimbra no meu calcanhar direito, parecia tal como se a minha hora houvesse chegado. Sem colher quaisquer frutos de lutar contra o refluxo da maré, tinha já observado a enlouquecedora procissão das luzes da orla costeira deslizando pelos meus olhos, mas agora uma admissão de derrota tentava alimentar a corrente e argumentava comigo próprio com os pensamentos amargos de uma carreira desperdiçada, agora vislumbrando-se num plano maior.

A minha sorte foi a de ter bons genes, de origem inglesa, mas de pais cuja conta bancária de longe excedia o seu conhecimento da natureza infantil e de como criar crianças. Embora tenha nascido com uma colher de prata na minha boca, o ambiente abençoado do círculo familiar era algo de desconhecido para mim. Meu pai, um homem muito estudado e célebre antiquário, não dava qualquer importância à sua família, estando constantemente perdido nas abstrações do seu estudo; enquanto a minha mãe, fazia-se notar muito mais pela sua boa aparência do que pelo seu bom-senso, saciava-se com a adulação de uma sociedade na qual ela estava perpetuamente mergulhada. Passei pela rotina comum de escola e universidade como qualquer rapaz da burguesia inglesa, e à medida que os anos me trouxeram uma progressiva força e crescentes paixões, os meus pais inesperadamente se aperceberam que eu estava possuído por uma alma imortal, e empenharam-se em me refrear os ânimos. Mas era demasiado tarde; eu perpetrei a mais selvagem e mais audaciosa insensatez, e fui renegado pela minha gente, ostracizado pela sociedade que por tanto tempo tinha enfurecido, e com as mil libras que o meu pai me deu, à condição de que ele não me voltaria a ver novamente, ou a dar-me mais dinheiro, comprei uma passagem para a Austrália, em primeira-classe.

Desde então que a minha vida se tinha tornado uma longa peregrinação – do Oriente para o Ocidente, do Ártico para a Antártida – para me encontrar finalmente, um marinheiro capaz aos trinta anos, no pleno vigor da minha virilidade, afogando-me na baía de São Francisco por causa de uma tentativa desastrosamente bem-sucedida de desertar do meu barco.

A minha perna direita estava esgotada devido à câimbra, e eu sofria a mais intensa agonia. Uma ligeira briza despertou umas águas tormentosas, que se infiltraram na minha boca e pela minha garganta abaixo, sem que eu o pudesse impedir. Ainda que eu tenha esbracejado para me manter à tona, era meramente mecânico, pois eu estava a perder rapidamente a consciência. Tenho uma turva reminiscência de andar à deriva junto a um paredão marítimo, e de

vislumbrar uma luz de estibordo de um barco-a-va-
por fluvial; depois ficou tudo em branc

Capítulo 2: O Salvamento

Ouvi um pequeno zumbido de vida de inseto, e senti o ar balsâmico de uma manhã de primavera a brisar na minha bochecha. Assumiu gradualmente uma corrente ritmada, à qual as pulsações suaves do meu corpo pareciam responder. Flutuei no carinhoso regaço de um mar de verão, erguendo e tombando com um prazer onírico em cada onda cantante. Mas as pulsações aumentaram, o zumbido, soou mais alto;

as ondas, maiores, mais violentas – fui despedaçado por um mar tempestuoso. Uma grande agonia me enfastiou. Brilhantes, faíscas intermitentes de luz atravessavam a minha mente mais profunda; nos meus ouvidos circulavam os sons de muitas águas; depois um súbito estalar de um qualquer algo inatingível, e eu despertei.

A cena, da qual fui o protagonista, foi muito curiosa. Um olhar de relance foi suficiente para me informar que eu jazia no chão da cabine de um iate de algum cavalheiro, na mais desconfortável das posturas. De cada um dos lados, agarrando os meus braços e puxando-os para cima e para baixo como se fossem alavancas de bombear, estavam duas criaturas de pele-escura, vestidas muito peculiarmente. Apesar de familiarizado com os mais diversos tipos de aborígenes, eu não conseguia conjeturar a sua nacionalidade. Tinha um qualquer acessório agarrado à minha cabeça, que ligava os meus órgãos respiratórios à máquina que vos vou descrever a seguir. As minhas narinas, no entanto, tinham sido fechadas, obrigando-me a respirar através da minha boca. Encurtado pela obliquidade da minha linha de visão, eu

observava dois tubos, similares a pequenas man-
gueiras, mas de uma composição diferente, que
emergiam da minha boca e diferiam uma da outra
num ângulo acentuado. A primeira chegava a uma
terminação abrupta e estava pousada no chão ao pé
de mim; a segunda atravessava o chão em numero-
sas expirais, conectando com o aparato que prometi
descrever.

Nos dias que antecederam a tangencialidade da
minha vida, tinha explorado o suficiente sobre ciên-
cia, e, familiarizado com os aparelhos e a parafernália
em geral que se encontrava no laboratório, eu come-
çava a apreciar a máquina que então contemplava.
Era composta essencialmente de vidro, a construção
sendo desse género tosco que é utilizado para propó-
sitos experimentais. Uma vasilha de água estava
rodeada por uma câmara de ar, na qual estava fixado
um tubo vertical, encaixado num globo. No centro
disto estava um medidor de vácuo. A água dentro do
tubo movia-se para cima e para baixo, criando inala-
ções e exalações alternadas, que me eram por sua vez
transmitidas através da mangueira. Com isto, e com
a ajuda dos homens que bombeavam os meus braços,

tão vigorosamente, foi alcançado o processo de respirar artificialmente, o meu peito aumentava e diminuía, e os meus pulmões expandiam-se e contraiam-se, até que a natureza fosse finalmente persuadida a levar novamente a cabo a sua tarefa habitual.

Assim que abri os meus olhos o dispositivo sobre a minha cabeça, narinas e boca, foi retirado. Drenando uns rijos três dedos de brandy, fui-me levantando algo desengonçado para agradecer ao meu salvador, e confrontei-me, era o meu pai. Mas longos anos de camaradagem com o perigo haviam-me ensinado a manter o autodomínio, e esperei para ver se ele seria capaz de me reconhecer. Nem por isso; ele viu em mim não mais que um marinheiro fugido e tratou-me como tal.

Deixando-me ao cuidado dos negrinhos, ele mergulhou na revisão das notas que havia feito sobre a minha ressuscitação. Enquanto eu comia do belo farnel que me haviam servido, a confusão instalou-se no convés, e pelos cantos dos marinheiros, e pelo ruído dos moitões e ganchos, depreendi que nos estávamos

a pôr a caminho. Que galhofa! De partida numa via-
jem com o meu enclausurado pai para o largo
Oceano Pacífico. Ainda me faltava perceber, enquanto me ria para mim mesmo, de que lado é que
estaria a piada. Sim, tivesse eu sabido, ter-me-ia ati-
rado borda fora e louvaria os infames tipos de quem
eu havia acabado de conseguir escapar.

Eu não era admitido no convés até termos perdido de vista as Ilhas Farelões e o último barco-
piloto. Apreciei aquela previdência da parte de meu
pai e fiz questão de lhe agradecer calorosamente, no
meu bluff à moda de marinheiro. Eu não podia sus-
peitar que ele tivesse os seus próprios fins em vista,
ao manter a minha presença secreta para todos exceto a tripulação. Ele contou-me resumidamente
sobre o meu resgate levado a cabo pelos seus marinheiros, assegurando-me que a obrigação estava do
lado dele, já que o meu surgimento havia sido absolutamente oportuno. Ele havia construído o aparato
para reivindicar uma teoria com respeito a um certo
fenómeno biológico, e tinha estado a aguardar uma
oportunidade para o utilizar.

"O seu caso provou-o sem margem para qualquer dúvida," disse ele; depois acrescentando com um suspiro, "mas apenas na pequena problemática do afogamento." Então, para me cortar o fio-à-meada, ele ofereceu-me um aumento de duas libras em relação ao meu salário anterior para navegar com ele, e isto considerei ser bastante razoável, pois ele nem sequer precisava realmente de mim. Ao contrário das minhas expetativas não me juntei à messe dos marinheiros, mais ainda, sendo designado para uma confortável cabine do navio e comendo à mesa do capitão. Ele tinha percebido que eu não era um marinheiro qualquer, e resolvi aproveitar esta oportunidade para voltar a cair nas suas boas graças. Teci um passado fictício para dar conta da minha educação e presente posição, e fiz o meu melhor para manter o contacto com ele. Eu não estava longe de revelar uma predileção por buscas científicas, nem ele em apreciar a minha aptidão. Tornei-me seu assistente, com o correspondente aumento dos salários, e sem que passasse demasiado tempo, à medida que me revelava as mais interessantes confidencialidades e elaborava as suas teorias, eu estava tão entusiasta como ele próprio.

Capítulo 3: A Descoberta Macabra

Os dias passaram a voar, pois eu estava profundamente interessado nos meus novos estudos, passando as minhas horas de vigília na sua vasta biblioteca, ou ouvindo os seus planos e ajudando-o no seu trabalho de laboratório. Mas fomos forçados a levar a cabo muitas experiências aliciantes, não sendo um navio em movimento o local próprio para um trabalho delicado e intrincado. Ele prometeu-me, no entanto, muitas horas deliciosas no magnífico laboratório para o qual nos encaminhávamos. Ele havia tomado posse de uma inexplorada ilha do Mar do Sul, como ele me disse, e tornou-a um paraíso científico.

Ainda não havia muito tempo que estávamos na ilha, até que descobri em que horrível e surpreendente desilusão eu havia caído. Mas antes de descrever as coisas estranhas que vieram a seguir, devo sublinhar com brevidade as causas que culminaram numa inusitada experiência que não passaria pela cabeça da maioria dos homens.

Na fase final da sua vida, o meu pai havia abandonado a bafienta sedução pelas antiguidades e sucumbiu à bem mais fascinante sedução das ciências no encalço da vanguarda da biologia. Na sua juventude tinha minuciosamente alicerçado os princípios básicos, e rapidamente explorou todas as fasquias mais altas que o mundo científico já tinha alcançado, deu por si na terra de nenhures do incognoscível. Era sua intenção antecipar parte desse território não reclamado, e foi neste nível das suas investigações que tínhamos sido lançados em conjunto. Sendo uma pessoa inteligente, apesar de ser o próprio a dizê-lo, eu havia alcançado o domínio das suas especulações e métodos de raciocínio, tornando-me quase tão louco como ele próprio. Mas eu não devia dizer isto. Os maravilhosos resultados que obtivemos em seguida só podem servir para provar a sua sanidade. Não posso afirmar outra coisa salvo que ele era o mais anormal espécime de crueldade de sangue-frio que eu jamais havia visto.

Após ter penetrado no duplo mistério da fisiologia e da psicologia, o seu pensamento tinha-o encaminhado para a eminência de uma área de excelência, para o qual, a fim de melhor a explorar, ele iniciou estudos em química-orgânica superior, patologia, toxicologia e outras ciências e subciências executadas em parelha como acessórias para as suas hipóteses especulativas. Iniciada da preposição que a causa direta temporária ou permanente da inibição de vitalidade se devia à coagulação de determinados elementos e componentes do protoplasma, ele tinha isolado e sujeitado estas várias substâncias a inúmeras experiências. Dado que a inibição temporária de vitalidade num organismo provocava coma, e uma inibição permanente provocava a morte, ele defendia

que por meios artificiais esta coagulação de protoplasma podia ser retardada, prevenida, e até
ultrapassada nos estados extremos de solidificação.
Ou, para nos livrarmos da nomenclatura técnica, ele
argumentava que a morte, quando não violenta e em
que nenhum dos órgãos tivesse sofrido danos, era
meramente uma vitalidade suspensa; e que, em tais
instâncias, a vida poderia ser induzida a reatar as suas
funções através do uso de métodos apropriados. Isto,
era então, a sua ideia: descobrir o método – e por experiência prática provar a possibilidade – de renovar
a vitalidade numa estrutura da qual a vida parecia aparentemente ter fugido. Claro, ele reconhecia a
futilidade de tal esforço após se ter iniciado a decomposição do corpo; ele teria que ter organismos que no
momento, há horas, ou no dia anterior, estivessem
ainda animados de vida. Comigo, de um modo cruel,
ele havia provado esta sua teoria. Eu tinha-me realmente afogado, realmente morrido, quando fui
resgatado da água da baía de São Francisco – mas a
centelha de vida tinha sido reacendida por meios do
seu aparato aeroterapêutico, como ele lhe chamava.

Agora a respeito deste obscuro propósito que me
concerne. Ele começou por me demonstrar o quão

completamente eu estava debaixo da sua alçada. Ele tinha mandado o iate para longe durante um ano, retendo consigo apenas os dois negrinhos, que lhe eram imensamente devotos. Depois ele fez uma revisão exaustiva à sua teoria e delineou o método de prova que havia adotado, concluindo com o impressionante anúncio de que eu seria o sujeito do seu estudo.

Eu tinha enfrentado a morte e avaliado as minhas chances em muitas desesperadas venturas, mas nunca numa desta natureza. Posso jurar que não sou nenhum covarde, no entanto, esta proposta de viajar para lá e para cá na fronteira da morte empalideceu-me de medo. Pedi-lhe tempo, ao que ele acedeu, ao mesmo tempo assegurando-me de que apenas aquela via estava aberta – tinha de me submeter. Escapar da ilha estava fora de questão; escapar através do suicídio não me parecia obviamente uma boa solução, apesar de realmente preferível ao que parecia que me teria de submeter; a minha única esperança era destruir os meus captores. Mas esta última frustrou-se devido às precauções tomadas pelo meu pai. Estava sujeito a uma vigilância constante, mesmo durante o meu sono, sendo sempre guardado por um ou outro dos dois negrinhos.

Tendo apelado em vão, anunciei e provei que era seu filho. Era a minha última cartada, e eu tinha apostados todas as minhas esperanças nela. Mas ele foi inexorável; ele não era um pai, era antes uma máquina científica. Eu duvidei ainda se ele alguma vez se lembraria que tinha casado com a minha mãe ou até mesmo de que me havia gerado no seu ventre, pois que não havia o mais pequeno grão de emoção na sua expressão. A razão estava toda do lado dele, nem poderia ele entender tais coisas como o amor ou compaixão nos outros, exceto como uma fraqueza fútil que deveria ser superada.

Capítulo 4: O Prazer da Imortalidade

De forma a assegurar o sucesso, ele quis que eu estivesse na melhor das condições possíveis, por isso foi-me feita uma dieta como a de um atleta antes de uma competição decisiva. O que poderia eu fazer? Se eu tinha que correr o perigo, ao menos que fosse em boa-forma. Nos meus intervalos de relaxamento, ele permitia-me assistir aos preparativos do aparato e às experiências subsidiárias. Pode-se imaginar o interesse que mantive em todas aquelas operações. Eu dominei o trabalho tão minuciosamente como ele, e diversas vezes tive o prazer de ver algumas das minhas sugestões ou alterações colocadas em prática. Depois de tais eventos eu sorria sombriamente, consciente de estar a oficiar o meu próprio funeral.

Ele começou por inaugurar uma séria de experiências em toxicologia. Quando tudo estava preparado, eu fui morto por uma dura dose de estricnina e foi-me permitido jazer morto por umas vinte-e-quatro horas. Durante esse período o meu corpo estava morto, absolutamente morto. Toda a respiração e circulação havia cessado; mas a parte arrepiante disto foi, enquanto a coagulação protoplasmática procedia, que eu retive a consciência e estava capaz de estudar aquilo em todos os seus detalhes sinistros.

O aparato que me traria de volta à vida estava numa câmara de ar-comprimido, adequada à medida para receber o meu corpo. O mecanismo era simples – algumas válvulas, um eixo rotativo, um guindaste, e um motor elétrico. Enquanto decorria a operação, a atmosfera interior era alternadamente condensada e rarefeita, além de comunicar com os meus pulmões uma respiração artificial sem a ação da mangueira anteriormente usada. Apesar de o meu corpo estar inerte, e, por tudo o que sabia, nas primeiras etapas de decomposição, eu estava ciente de tudo o que transpirava. Eu soube quando me puseram na câmara, e apesar de todos os meus sentidos estarem adormecidos, estava ciente das injeções hipodérmicas de um composto que iria reagir com o processo coagulatório. Depois a câmara foi fechada e a maquinaria começou a trabalhar. A minha ansiedade era terrível; mas a circulação foi restaurada gradualmente, os diferentes órgãos começaram a desempenhar as suas respetivas funções, e num espaço de algumas horas eu estava a comer um saboroso jantar.

Não se pode dizer que tenha participado nesta parte, nem nas subsequentes, com muito entusiasmo; mas depois de duas indefetíveis tentativas de escapar, comecei a desenvolver um certo interesse. Além do mais, estava a ficar acostumado. O meu pai estava afastado do seu próprio sucesso, e à medida que os meses foram passando as suas especulações atingiam voos mais e ainda mais extravagantes. Percorremos as três mais importantes classes de venenos, os neuróticos, os gasosos e os irritantes, mas cuidadosamente evitamos alguns dos minerais irritantes e passamos ao lado de todo o grupo de corrosivos. Durante o regime de venenos eu fiquei bastante habituado a morrer, e não tive mais que um susto que abalasse a minha crescente confiança. Foi quando, escarificando umas veias de menor fluxo sanguíneo, ele me introduziu uma diminuta quantidade do mais temível dos venenos, o veneno de seta, o curare. Eu perdi a consciência no princípio, rapidamente de seguida cessou a respiração e a circulação, e tanto já a solidificação do protoplasma havia avançado, que ele desistiu de todas as esperanças. Mas, no último momento, ele aplicou uma descoberta em que tinha estado a trabalhar, recebendo tal encorajamento para redobrar os seus esforços.

Num vácuo de vidro, similar, mas não exatamente igual ao Tubo de Crookes, foi colocado um campo magnético. Quando penetrado por uma luz polarizada, não ocorreu qualquer fenómeno de fosforescência ou de projeção realinhada de átomos, mas emitiu raios não luminosos, semelhantes ao Raio-X. Enquanto o Raio-X podia revelar os objetos opacos escondidos em suportes densos, isto estava munido de uma penetração largamente mais subtil. Através disto, ele fotografou o meu corpo e encontrou no negativo um número infinito de sombras desfocadas, devido às movimentações químicas e elétricas que ainda decorriam. Isto era uma prova infalível de que o rigor da morte em que eu jazia não era genuíno; isto é, aquelas forças misteriosas, aqueles delicados laços que seguravam a minha alma ao meu corpo, estavam ainda em ação. As consequências de todos aqueles outros venenos não eram visíveis aparentemente, salvo os de compostos de mercúrio, que habitualmente me deixavam abatido por diversos dias.

Uma outra série de deliciosas experiências foi com eletricidade. Nós verificamos a asserção de Tesla de que altas correntes eram absolutamente inofensivas depois de ter visto o meu corpo atravessado por 100.000 Volts. Como isto não me afetou, a corrente foi reduzida para 2.500 volts, e fui rapidamente eletrocutado. Desta vez ele empreendeu de tal forma que me permitiu permanecer morto, ou num estado de vitalidade suspensa, por três dias. Levou quatro horas para me trazer de volta.

Uma vez, ele suprainduziu-me o tétano, mas a agonia de morrer era de tal ordem que eu positivamente me recusei a submeter a tais experimentos. As mais fáceis das mortes eram por asfixia, como o afogamento, o estrangulamento, a sufocação por gás; enquanto as que por morfina, ópio, cocaína e clorofórmio, não eram de todo difíceis.

De outra vez, depois de ser sufocado, ele manteve-me em câmara frigorífica por três meses, mas sem permitir que congelasse ou degradasse. Esta foi sem o meu conhecimento, e eu tive um pavor enorme ao descobrir o lapso de tempo que tinha passado. Fiquei com receio do que ele faria comigo enquanto jazia morto, o meu alarmismo sendo aumentado pela predileção que vinha a adquirir em perante a vivificação. Da última vez que fui ressuscitado, descobri que ele havia estado a batucar o meu peito. Mesmo tendo ele cuidadosamente cozido e disfarçado as incisões, elas eram tão severas que tive de me retirar para a minha cama por um tempo. Foi durante esta convalescença que desenvolvi o plano através do qual viria a escapar.

Capítulo 5: A Fuga

Enquanto fingia um entusiasmo sem limites pelo trabalho, eu pedi e obtive umas férias da minha ocupação de moribundo. Durante este período fui devoto ao trabalho em laboratório, enquanto ele estava demasiado focado na vivificação, dos muitos e diversos animais que os negros capturavam, para se aperceber do que eu estava a preparar.

Foi baseado nestas duas preposições que construí a minha teoria: Primeiro, eletrólise, ou a decomposição de água nos seus gases constituintes por meio de eletricidade; e, segundo, pela hipotética existência de uma força, a conversão da gravitação, a que Astor deu o nome de "apergy". A atração terrestre, por exemplo, limita-se a reunir os objetos, mas não os combina; consequentemente, "apergy" é meramente repulsão. Então, a atração atómica ou molecular não apenas reúne os objetos, mas integra-os; e foi esta conversão, ou uma força desintegrante, que eu desejei, não apenas descobrir e produzir, mas poder usar arbitrariamente. Deste modo, as moléculas de hidrogénio e oxigénio reagindo uma na outra, separava e criava novas moléculas, contendo ambos os elementos e formando água. A eletrólise causa a separação destas moléculas que assim readquirem a sua condição original, produzindo os dois gases separadamente. A força que eu desejava encontrar deveria fazer isto não apenas com dois elementos, mas com todos os elementos, independentemente dos compostos em que existam. Se eu pudesse então atrair o meu pai para o seu alcance, ele seria instantaneamente desintegrado e enviado a voar pelos quatro cantos do planeta, uma massa de elementos isolados.

Deve ser levado em conta que esta força, que finalmente acabei por conseguir habilmente controlar, não aniquilava matéria; simplesmente aniquilava a forma. Nem, como em breve vim a descobrir, teria qualquer efeito em estruturas inorgânicas; mas para todas as formas orgânicas era absolutamente fatal. Isto confundia-me parcialmente no princípio, mas, tivesse eu parado para pensar mais aprofundadamente, teria com certeza conseguido ver mais além. Como o número de átomos em moléculas orgânicas é largamente superior ao da maioria das complexas moléculas minerais, os compostos orgânicos são caracterizados pela sua instabilidade e a facilidade com que se separam através de forças físicas e reagentes químicos.

Com duas potentes baterias, ligadas através de magnéticos especialmente construídos para o propósito, duas forças tremendas foram projetadas. Consideradas em separado uma da outra, elas eram perfeitamente inofensivas; mas cumpriam o seu propósito focando-se num ponto invisível em pleno ar. Depois de praticamente ter revelado o seu sucesso, além de eu ter escapado por pouco de ser rebentado em pedaços de nada, montei a minha armadilha. Conciliando os magnéticos, para que a sua força tornasse todo o espaço do corredor junto à porta da minha câmara um campo de morte, e colocando no meu leito um botão através do qual eu pudesse ativar a corrente das baterias, subi para a cama.

Os negrinhos ainda guardavam os meus aposentos, um revezando o outro à meia-noite. Liguei a corrente assim que o primeiro homem chegou. Ainda mal eu tinha começado a dormitar, quando fui abruptamente despertado por um agudo e metálico tilintar. Ali, no centro limiar, estava caído o colar de Dan, o São Bernardo de meu pai. O meu guardador correu para o apanhar. Desapareceu como uma rajada de vento, as suas roupas caíram ao chão como uma pilha de matérias. Houve um ligeiro odor a ozono no ar, mas como os principais componentes gasosos do seu corpo eram hidrogénio, oxigénio e nitrogénio, que são igualmente incolores e inodoros, não houve quaisquer outras manifestações da sua partida. No entanto, quando desliguei a corrente e removi as vestes, eu descobri um depósito de carbono na forma de carvão animal; também outros pós, os elementos sólidos isolados do seu organismo, como o enxofre, potássio e ferro. Remontei a armadilha, voltei para a cama. À meia-noite levantei-me e removi os restos do segundo negro, e depois dormi pacificamente até de manhã.

Fui despertado pela estridente voz de meu pai, que me chamava desde o seu laboratório. Eu ri-me para mim próprio. Não havia ninguém para o chamar e ele tinha-se deixado dormir. Eu podia ouvi-lo à medida que se aproximava do meu quarto sem qualquer intenção de me despertar, e assim sentei-me na cama, para melhor observar a sua translação – talvez apoteose fosse um termo melhor. Ele pausou um momento no limiar, e depois deu o passo final. PUF! Foi como o vento a soprar pelos pinheiros. Ele desapareceu. As suas roupas caíram como uma pilha amontoada no chão. Além de ozono, eu notei o leve cheiro semelhante a alho, característico do fósforo. Era apenas uma pequena pilha de sólidos elementares caídos em cima das suas vestes. E foi assim. O mundo inteiro aos meus pés. Os meus captores deixaram de existir.

FIM

Sobre o Autor

John Griffith Chaney (nascido em São Francisco, no 12 de janeiro de 1876 na Califórnia, morreu a 22 de novembro de 1916 no seu *Beauty Ranch*), autor, jornalista e ativista social norte-americano com referências marxistas, pioneiro na sua era, fez então parte do novo mundo das revistas comerciais de ficção, tendo sido um dos primeiros romancistas a obter celebridade mundial através das suas estórias, além de uma grande fortuna. Jack London (seu pseudônimo), é um dos mais importantes marcos da literatura norte-americana do fim do século XIX, princípio do século XX. Escreveu centenas de contos, entre eles alguns visionários e magistrais que marcaram os caminhos da literatura ocidental.

Títulos da Coleção
Dez Maravilhas de Jack London

JÁ PUBLICADOS

Emil Gluck: O Pior Inimigo do Mundo
Vol. I (3ª Edição)
Jack London
Tradução: Philipe Pharo da Costa

Uma Invasão Sem Precedentes
Ou: A Guerra de Jacobus Laningdale
Vol. II (2ª Edição)
Jack London
Tradução: Philipe Pharo da Costa

O Conto das Mil Mortes
Ou: O Navio da Tortura
Vol. III (2ª Edição)
Jack London
Tradução: Philipe Pharo da Costa

O Pagão
Vol. IV
Jack London
Tradução: Philipe Pharo da Costa

A PUBLICAR BREVEMENTE

O Vermelho
Vol. V
Jack London
Tradução: Philipe Pharo da Costa

Títulos da
Série Grandes Autores

JÁ PUBLICADOS

Um Pequeno Mal Por Um Grande Bem
Série Grandes Autores (I)
Voltaire
Tradução: Philipe Pharo da Costa | Fabiana Ribeiro

O Gato Preto
Série Grandes Autores (II)
Edgar Allan Poe
Tradução: Philipe Pharo da Costa

A Dama Com O Cão
Série Grandes Autores (IV)
Anton Tchékhov
Tradução: Philipe Pharo da Costa

A PUBLICAR BREVEMENTE

Manifesto do Partido Comunista
Série Grandes Autores (III)
Karl Marx | Friedrich Engels
Tradução: Philipe Pharo da Costa

Outros Títulos
Publicados pela ContraatircsE

JÁ PUBLICADOS

Livro dos Poemas de Fruto Proibido
do Doutor Armando do Sal
e Outros Textos Neoexperimentais
Philipe Pharo da Costa

As Meias do Poeta Victor Nuno de Menezes
e Outros Fragmentos Físico-Teóricos
Philipe Pharo da Costa

Me And The World: Poetry and Fragments
(Bilingual Edition Portuguese-English)
Philipe Pharo da Costa

De Moi Vers Le Monde
(Édition Bilingue Portugais-Français)
Philipe Pharo da Costa

Este Aparelho Deve Ser Instalado
Por Pessoas Competentes
(Primeiro Manual)
Philipe Pharo da Costa

A PUBLICAR BREVEMENTE

Outras Mulheres
Philipe Pharo da Costa

Nota Breve

Num Projeto Literário Independente nem tudo corre como prevemos e planeamos. Na 1ª edição deste livro foi anunciada uma alteração de planos que se voltaram a alterar por força das circunstâncias editoriais e de distribuição. Assim, esta coleção voltou ao formato inicial do Volume I e Volume II. Espectavelmente manter-se-á até ao completar dos dez volumes previstos nesta coleção, o que não será impeditivo que a ContraatircsE publique as histórias noutros formatos. Regista-se esta 'Nota Breve' como uma satisfação aos leitores e adquirentes desta coleção.

www.ingramcontent.com/pod-product-compliance
Lightning Source LLC
Chambersburg PA
CBHW020050310726
48970CB00007B/2498